片羽集

虞云耀 著

增订本

中共中央党校出版社

图书在版编目（CIP）数据

片羽集 / 虞云耀著 . -- 增订本 . -- 北京：中共中央党校出版社，2022.8

ISBN 978-7-5035-7373-6

Ⅰ.①片⋯　Ⅱ.①虞⋯　Ⅲ.①诗集 – 中国 – 当代　Ⅳ.① I227

中国版本图书馆 CIP 数据核字（2022）第 134890 号

片羽集（增订本）

责任编辑	马　瑞
责任印制	陈梦楠
责任校对	魏学静
出版发行	中共中央党校出版社
地　　址	北京市海淀区长春桥路 6 号
电　　话	（010）68922815（总编室）　　（010）68922233（发行部）
传　　真	（010）68922814
经　　销	全国新华书店
印　　刷	中煤（北京）印务有限公司
开　　本	880 毫米 × 1230 毫米　1/32
字　　数	88 千字
印　　张	6
版　　次	2022 年 8 月第 1 版　2022 年 8 月第 1 次印刷
定　　价	38.00 元

微 信 ID：中共中央党校出版社　　　邮　　箱：zydxcbs2018@163.com

目 录
CONTENTS

目
录
一

片羽集
PIAN
YU
JI

目录

自 序
PREFACE

这是一本用心灵写成的小书；

这是一本从二十几岁写到八十多岁的
小书；

这是一本原来写给自己、后来也想让
别人看看的小书。

卢云瑶

2022年5月

上篇
PART ONE

时　间

世上有一位
伟大、公正、严厉的裁判员，
它的名字叫时间。

一切文明之花，
都需要时间的浇灌。
一切历史进步，
都需要时间的助力。
一切奇思异想，
都会得到时间的精心哺育。
一切真知灼见，
都要经受时间的再三拷问。
一切美好的事物，
都是时间精湛的艺术。
一切虚假的东西，

都经不起岁月流逝的剥蚀。

被岁月冲刷过的思考，
总有一种睿智。
被时间浸润过的思想，
总有一种深刻。
世间一切物质的东西，
都会被时间啃得斑斑驳驳。
唯有崇高的思想、精神和品德，
在时间的洗礼中永闪光辉。

时光像一条小河，
从每个人身边轻轻流过。
有的人在激流中扬帆远航，
有的人在浅滩上彷徨蹉跎。
时间对那些勤奋者，
送去智慧和才华。
时间从慵懒懈怠者身上，
窃走青春和生命。

对时间吝啬的人，

时间对他最慷慨。

对时间慷慨的人，

时间对他最吝啬。

一颗恒久搏动的心，

会忘却时光流逝的残酷。

时光的枝条上只挂着干瘪的涩果，

那是生命的衰败。

时光冉冉，岁月匆匆。

错过了太阳的人是凡人，

迷失了月亮的人是常人，

既错过太阳又迷失月亮的人，

只能说是蠢人。

当雨轻轻敲击时光的芭蕉叶时，

风正悄悄走过岁月的独木桥。

昂首嘶鸣的烈马早已绝尘而去，

沙漠胡杨站立一千年，

为远去的客人送行。

昨天、今天和明天

世上有三本书：

过去、现在和未来。

如果只读一本，

可能似懂非懂。

如果能读三本，

就会融会贯通。

人类、社会、自然界的一切，

从悠悠远方而来，

向漫漫无限而去，

其实只有三天：

昨天、今天和明天。

一条不可分割的时光之链，

一个永不停息的生命之环。

昨天的艰难历程，

诞生了花团锦簇的今天。

今天的锐意进取，

孕育着灿烂辉煌的明天。

昨天可能是光亮的，

但时间会无情地抹去一切。

明天也许是困惑的，

但未来神秘地展现诱人的魅力。

时间的滴水，

汇成生命的长河。

丢失了今天，

明天将是一片荒漠。

往者不可追，

来者犹可求。

与其哀叹韶光的流逝，

不如从今天开始行动。

生活中有无数个明天，

但历史恰恰在今天结束。

昨天已经过去，

明天尚未到来，

生命的航轮，

应该掌握在今天的手中。

对昨天所发生事情的悔恨，

对明天将发生事情的担忧，

唯有建立在今天所做事情的基础上，

那才是有意义的。

昨天的太阳，

晒不干今天的衣服。

今天的雨水，

却会泥泞明天的道路。

回忆是对昨天的致敬，

反思是对明天的祝福。

三

历 史

历史

一位饱经风霜的老人。

时而疾步如飞,

时而缓缓而行。

时而在歧路上徘徊,

时而在狂飙中突进。

历史是一座古老而神秘的城堡,

打开每一扇门都会有惊人发现。

当时间慢慢撩开历史的帷幕,

一切惊叹和困顿都不足为奇。

历史隐藏着走向未来的密码,

忘记历史不可能赢得未来。

只要是时代的呐喊,

上篇一

就会有历史的回声，

时代的声音在历史的时空里激荡。

历史的风云扫过晴朗的天空，

个人的悲剧往往是时代的印记。

任何人都不能超越历史，

但可以参与历史的进程。

正因为有了无数人的参与，

历史的洪流才波澜壮阔。

正是那些勇于创新的人们，

在时间的荒原上开出历史的田垄。

在历史和现实的交错中，

需要激情也需要沉思。

历史和现实的碰撞，

迸发出耀眼的奇光异彩。

历史的光彩在当代人的身上返照，

历史的血液在当代人的血管中流淌，

历史的骤风在当代人的头脑中飞旋，

历史的钟声在当代人的心中回响。

当历史发生扭曲的时候，
对与错、功与过就会错位。
历史有时也会灰尘满面，
要靠反思的泪水来冲刷。

随意割断或剪裁历史，
都是对历史的亵渎和背叛。
吐向历史的唾沫，
到头来只会使自己丢丑。
在历史这位公正而严格的法官面前，
一切虚假和轻率的言辞都无比愚蠢。
口出狂言者听到历史的回声时，
必然会受到无情的惩罚。

一切真善美，
都会被历史记住。
一切丑恶的东西，
终将被时代淘汰。
历史是公允的，

但从来不同情弱者。

所以，

强者总是站在时代潮流的前头。

片羽集
——
PIAN
YU
JI

人　生

人生是生命的一次燃烧。

有的火光闪烁，

有的烈焰升腾，

有的灰暗如晦，

有的辉煌无比。

人生是一本书，

每个人都在写着属于自己的一页。

人生是一幅画，

岁月的雕刀蘸着艰辛雕琢。

人生是一首乐曲，

奏响属于自己生命的音符。

人生是一个舞台，

演出属于自己有声有色的一幕。

人生也是一种艺术，

其本质是和谐与纯真。

没有骚动就没有沉稳，

没有稚嫩就没有成熟，

没有耕耘就没有收获，

没有失败就没有成功。

人生是一个难解的方程式。

当什么都明白了，

大概也就结束了。

也许，

到结束时也没有完全明白。

如果你始终认真地读着

人生这部无字的书，

那么，

当你告别这个世界时，

总会带着一丝微笑。

在漫漫人生路上，

什么都一帆风顺，

那不过是善良人的愿望和祝福。

如果真是这样，

人生该多么索然无味！

古往今来，

人生的遗憾和失败，

从来都是实实在在的。

直面失败的熬煎，

品味遗憾的苦涩，

本是人生的题中应有之义。

正因为有种种缺憾，

才使人生充满魅力和精彩。

生活的不幸，

爱情的失意，

事业的挫折，

这些人生之树上的涩果，

仔细地咀嚼它，

谁能说都是苦味？

幸运的灵光，

成功的花环，

荣誉的桂冠，

这些人生之路上的荣耀，

盲目地对待它，

谁能说不会成为陷阱？

再狂的暴风骤雨，

总会云破天开。

再深的层峦叠嶂，

总会峰回路转。

所有的坦途都隐伏着坎坷，

所有的意外都暗含着必然，

一切神奇都可能化为腐朽，

一切鼎盛终将成为衰败。

如果你能想到这一切，

在人生的道路上，

就会少几分盲目和烦恼，

多几分自信和坦然。

完全准确的人生航道，

谁也无法事前确定。

但这并不等于说，

可以盲目漂流、随波逐流。

找不到适合自己的运行轨迹，

才华会像流星一样陨灭。

以"我"为圆心、以"私"为半径，

画出的是人生价值的可悲区。

从"私"字的分泌物中，

萃取不到真正的人生价值。

追求真理、奉献社会，

奏响的是人生价值之歌的主旋律。

正是那些对自己、对他人、对社会

富有责任感的人们，

在创造美好的生活。

人生的最大满足，

莫过于接受知识的洗礼。

有知识作陪伴的人生，

永远不会感到孤寂。

人生的最大悲哀，
莫过于丢失精神家园。
一个人在精神的荒原上流浪，
也许再也找不到回家的路。

人的精神支柱一旦崩塌，
什么事情都可能发生。
心为物役使灵魂遭劫持，
自己扳倒自己是迟早的事。

成熟是一种阅尽世俗的镇定，
沉稳是一份冷静思索的从容。
豁达是人生经验的无形积累，
淡定是人生智慧的悄然释放。

理想和信念

理想是精神的支柱，

信念是力量的源泉。

理想是无畏的宣言，

信念是崇高的追寻。

站在历史的高度俯瞰，

理想信念既神圣又神奇。

人生的艨艟巨舰，

靠坚定的信念载动。

理想之光不能照亮前行的路，

现实就可能在曲径和黑暗中徘徊。

理想的灯塔熄灭了，

人生的航船随时可能触礁。

理想是人生路上永不落的太阳。

它廓清心灵上的迷雾，
它终结歧路上的彷徨。
它点燃智慧的火炬，
它洞穿厄运的迷茫。
它遏阻非分之物的诱惑，
它激发蓬勃向上的力量。

没有理想的奋斗，
难免误入人生的歧途。
没有奋斗的理想，
理想是飘忽不定的浮云。
不受到理想鼓舞的行动，
不可能始终坚定。
不付诸实践的理想，
结不出成功的果实。

在艰辛的小路上跋涉，
只要有理想信念的指引，
即使没有闪光的背景，
也可以有闪亮的身影。

当人生遭受巨大的打击时，

靠信念和毅力走出人生的沼泽地。

上
篇
一

追　求

小溪追求大海，
幼芽追求春色，
雄鹰追求蓝天，
风帆追求激流。

不舍的追求使智慧之泉喷涌，
坚韧的追求使生命之树常绿。
高尚的追求使人生变得壮丽，
执着的追求使精神变得富有。
无聊的追求使生活变得昏暗，
庸俗的追求使青春变得衰朽。

通往真理的路，
靠不懈的追求开拓。
真善美的诗篇，

在执着的追求中写就。

追求真理的不落征帆，

由事业心挂起。

探寻真理的不灭火焰，

靠责任感点燃。

如果失却追求的动力和目标，

一时的成功和欢乐，

很可能是另一幕悲剧的前奏。

懒散产生庸人，

追求造就天才。

拼搏者从厄运中看到希望，

庸碌者在顺境里产生迷惘。

追求中会有苦恼和失败，

但更有欢乐和成功。

追求者之歌，

从来不是诗情画意的田园诗，

而是失败与成功、苦恼和欢乐

相织的交响曲。

自　信

人的一生有一个最好的朋友，
那就是充满自信的自我。
在人生的旅途上，
背起自信的行囊，
你会觉得一切都那样美好。
在纷繁世事中懂得自信和淡定，
在自我反省中学会谦卑和从容。

自信是胸有成竹的大智若愚，
自信是稳操胜券的不动声色，
自信是困境中展示顽强的执着信念，
自信是危难中奋力前行的永不言败。

踏上艰苦探索的征程，
困难和挫折时时袭来。

如果没有自信作为忠实的伙伴，

事业的航船难免在失败的礁石上搁浅。

在科学的攻坚战中，

如果丢失自信这块阵地，

那就意味着整个战线的崩溃。

自信不仅拿成功当甘霖，

而且视失败为财富。

既善于从小的成功中受到鼓舞，

更懂得从失败的教训中重整旗鼓。

增强自信的最好方法，

莫过于作出实实在在的成绩。

有时候微不足道的进步，

比豪迈的誓言更有力量。

一个泰然自若的人，

总有一颗饱经风霜的心。

看遍春风秋月、酷暑严寒，

自信就会在生命的港湾里停泊。

过分地注视别人的成功，

也许自己正在失落某些宝贵的东西。

审视一切的自信，

虚怀若谷的谦逊，

海纳百川的包容，

在彻底的唯物主义者那里，

是完全统一的。

在缺乏自信的人那里，

潜能就像是被弄湿了的干柴。

去掉自卑的潮气，

干柴顷刻会腾起烈焰。

当然，

固执己见的盲目自信者，

后退一步就会跌入自卑的枯井中。

做　人

人之所以为人，
总是站立着的。
自然的人用两腿站立，
社会的人用思想站立。

人不能脱离社会而生活，
也不能依附社会而存在。
人格上的独立自主，
是成为大写的人的精魂。

堂堂正正是做人的本分，
自重自爱是做人的尊严，
卑躬屈膝是做人的耻辱，
仰人鼻息是做人的悲哀。

真正的聪明，

在于不怕显露自己的愚笨。

真正的勇敢，

在于能向自己的弱点挑战。

真正的坚强，

在于始终坚守既定的目标。

真正的成熟，

在于拥有海纳百川的胸怀。

真正的愚蠢，

在于多次掉进同一个陷阱。

真正的力量，

在于脚踏实地又仰望星空。

在竞争中被击倒，

而勇敢地站起来的人，

谁能说他不会成为真正的强者。

对那些自甘失败的人，

命运决不会宽恕他。

顺其自然成事，

心地坦然做人。

自古虚名能为累，

虚名自古只累人。

与其千方百计追求显赫的虚名，

不如在前行路上留下一个坚实的脚印。

上篇一

生　活

真正拥抱生活的人，

命运决不会抛弃他。

你对生活一分微笑，

生活就给你十分回报。

如果说生活是一束花，

欣赏它的美丽它就送给你温馨。

如果说生活是一壶酒，

一味贪杯它就会使你迷醉。

平淡而充实的生活，

因其清纯而使人高尚。

从平淡中可以读到深刻，

从清纯中可以品味隽永。

生活总会有阴霾暗冷的日子，

需要的是旷达淡然、从容应对。

与其把自己交给纠结，

不如把自己交给淡定。

当人生遇到过不去的坎，

就把它当作一道风景。

当生活遇到解不开的结，

就把它系成一朵小花。

埋怨生活是沙漠的人，

多半是自己心中没有绿洲。

与其诅咒生活的无奈和昏暗，

不如点亮自己心中的一支蜡烛。

一个被命运抛弃的人，

只要不抛弃自己就有光明。

逆境和磨难

逆境不是阻挡事业的栅栏，

消沉才是人生路上的陷坑。

磨砺生命之剑奋起，

生命的价值在逆境中，

被发现、被认识、被升华。

对弱者来说，

逆境是倾覆生活之舟的惊涛骇浪。

对强者来说，

逆境是锤炼意志和毅力的熊熊炉火。

顺境中的清醒，

逆境中的从容，

是同样可贵的品格。

如果二者兼而有之，

堪称是真正的强者。

能吃常人吃不了的苦，
能做常人做不到的事，
能克服常人无法克服的困难，
这是所有成功者的秘密。

浴火重生的磨难，
在心灵深处刻下印记，
从来都是一种宝贵财富。
但愿每一次跌倒，
都留下带血的记忆。
但愿每一次挫折，
都增添前行的勇气。
但愿每一次反思，
都加快思想的成熟。
但愿每一次重来，
都展现成功的惊喜。

在人生的道路上，

谁也无法避免挫折或不幸。

生活的强者总是把眼泪留给昨天，

睁大充满希望的眼睛，

寻找今天的每一个亮点，

与挫折和不幸抗争。

用镇定的微笑去迎接苦难和不幸，

生命的价值在战胜自我中升华。

瀑布在悬崖上作壮烈的跌落，

勇士在逆境中作韧性的拼搏。

怀着梦想和希冀奋力前行，

一个人的坚强会使自己吃惊。

历经磨难依然快乐和天真，

在成败得失之间保持超然心态，

这是一种高层次的执着。

十一

心　境

真正懂得生活的人，
总是在纷繁世事面前，
保持心境的清亮。
只有把自己的心扉彻底敞开，
才能把世界包容在自己心中。

世间许多事情，
往往在经意和不经意之间，
对此不必心理失衡。
学会珍惜已拥有的一切，
在不经意的人和事中，
擦亮自己心灵的火花。

纷扰可以使人忘却淡定，
诱惑可以使人丢失自我。

上
篇

在各种纷扰和诱惑面前，
给自己的心灵留一块清净之地。
每个人内心深处的那片净土，
务必仔细地守护它。
只要心中始终有一束明媚的阳光，
你看到的就是一个美好的世界。

一个人精神上透支太多，
私欲的魔鬼就会出来惹事。
切莫让纷繁复杂的世事万象，
吹皱自己心中的一池清水。
时刻珍惜心中的那股清泉，
让它在悲喜得失中缓缓流淌。

心灵的枷锁一旦被打碎，
看到的就是不一样的风景。
学会把自己的心态适时"归零"，
它会给你一份洒脱和清醒。

激情和沉思

假如

没有江河一泻千里的奔腾，

没有瀑布震撼天宇的轰鸣，

没有诗人高亢激越的呐喊，

没有母亲深情甜蜜的亲吻，

没有创造者超凡脱俗的想象，

没有探索者义无反顾的追寻，

世界该多么单调和乏味。

奋进需要激情！

生活需要激情！

创造需要激情！

蓝天不语自是一种高远，

大地不语自是一种广博。

智者不语是深邃的自信，

强者不语是冷静的思索。

受挫时沉默是镇定的反思，

成功时沉默是清醒的成熟。

沉默的力量，

在于一切尽在不言之中。

当沉思成为对人世万象的梳理，

也许本身就是一种宝贵财富。

爱情和友情

爱情的真谛在于相濡以沫，
爱情的永恒在于纯洁忠贞，
爱情的力量在于风雨同舟，
爱情的甜蜜在于心心相印。

手与手相牵，
心与心贴近，
情与情交融，
爱与爱感应。
美的心灵培育纯洁的爱情，
纯洁的爱情升华美的心灵。

亲情是医治心灵创伤的良药，
友谊是培育真善美的圣泉。
心灵相通的友情，

是人世间最珍贵的东西。

看似平平淡淡的交往，

深藏着真真切切的情谊。

不要把最美好的祝福，

堆放在心灵仓库的角落里。

从心灵深处发出的问候，

能轻轻抚摩另一颗受伤的心。

人生最可怜的痛苦是孤独，

世间最大的悲哀是人情的冰冷。

最远的距离不是天涯海角，

而是近在咫尺却形同路人。

十四

理解和宽容

一把开启心灵秘密的钥匙，
一块构筑友谊大厦的基石，
一阵吹开思想隔膜的春风，
一股滋润相互信任的清泉。

理解是双向的情感交流，
也是连接心灵的桥梁。
宽容是黑夜里的一轮明月，
照亮别人，也照亮自己。
在人生的漫漫征途上，
人人都需要理解和宽容。
理解自己，理解别人。
宽容别人，宽容自己。
真正的理解是一种平等，
真正的宽容是一种责任。

上篇

坦诚是火，数九寒天心头热。

坦诚是水，历经岁月永不腐。

坦诚是冰，玲珑剔透自晶莹。

坦诚是玉，虽有瑕疵显异彩。

片羽集

PIAN
YU
JI

幸　福

幸福是一种心灵的自由，

是内心深处的一份安宁，

是心空飘洒的丝丝春雨。

幸福是一种付出后得到的理解和尊重，

一种从劳顿、困惑、烦恼中萌发的轻松。

幸福是一种状态，

也是一种顿悟。

当诗意穿过生活的丛林，

留下的不仅是浪漫和潇洒，

还有快乐和幸福。

心中有一片清澈明亮的天空，

幸福的小鸟就会自由飞翔。

把别人的苦难装在心中，

自己的幸福就会多一份沉重。

与别人共享的幸福，

常伴有一种特殊的甜蜜。

如果在幸福的琼浆中，

混有别人的泪水，

那就不仅是自私，

很可能是一种罪恶。

欢乐与痛苦相织，

才有多彩的人生。

幸福不仅属于快乐的人，

也属于那些不敢沉沦而忧伤的人。

一个失去血性而追求安乐的人，

很难说会获得真正的幸福。

自古以来，

人们对幸福的理解多不相同，

甚至全然相左。

一些人以为苦的事，

另一些人引以为乐。

一些人津津乐道的，

另一些人嗤之以鼻。

一些人鄙弃的东西，

另一些人孜孜以求。

上
篇
一

真 善 美

真善美三位一体，
没有真没有善就没有美。
当真善美成为心底的珍藏，
就会产生高尚的人生境界。

人性之美，
莫过于善。
善行之美，
莫过于诚。
大道至简，
大爱至纯，
大巧若拙，
大音希声，
展现的是动人心魄的深刻。

人世间的大美，

从来都穿越时空。

由美发出的光芒，

往往直射真理的内核，

因为那里是真。

由美散发的雨露，

总是滋润善的玫瑰，

给人留下难忘的芬芳和余香。

独立思考

独立思考的旗帜千古常新，
无数不见经传的"小人物"，
在这面旗帜下脱颖而出。
如果独立思考被扼杀，
社会就只会产生庸才。

独立思考是守旧的天敌，
人云亦云是创新的大忌。
守旧者用循规蹈矩的大棒，
扼杀新奇的思想。
创新者用独立思考的利剑，
刺击陈旧的观念。

独立思考是一部深翻的犁，
知识土壤经过它的耕耘，

才能播下创新的种子。

独立思考是知识的筛子，

它能漏掉无关紧要的，

留下最有价值的。

没有独立思考作泥浆，

简单的知识堆积，

砌不成科学创新的高墙。

当新思想冲破传统观念的樊笼时，

必然要同习惯势力作韧性的较量。

人们对它的赞扬与批评、热情与冷静，

应当同样受到尊重。

就科学的本性而言，

这两种态度具有同样重要的意义。

对崭露头角的新思想一味吹捧，

只会扼杀它的勃勃生机。

所作的结论越新奇，

人们有理由要求证据越确凿。

这样才能防止假科学的臆断，

把人们引向歧途。

任何不同凡响的新思想，
犹如刚出生的婴儿，
需要的是精心哺育，
而不是期望它一下子成为大力士。
为新思想呐喊的是真正的勇士，
蔑视新思想的终究会受到惩罚。

即使是自己提出的新思想，
要把它贯彻到底，
也不是一件容易的事情。
超越有限性和具体性的理性之光，
指引人们逐渐走向真理。

科学创新

想人之所不想，

见人之所不见，

能人之所不能，

这是科学创新的铁的法则。

科学创新的障碍，

往往不是还不懂什么，

而是已经懂得了什么。

在无穷的真理面前，

一切已有成果的辉煌，

都会随着岁月的流逝，

逐渐褪去绚丽的色彩。

唯有永不止息的创新精神，

经受时间的熔炼而熠熠生辉。

创新之路是宽广的，

任何有志者皆可踏上征程。

然而，

这条路又是狭窄的，

容不得许多人并行。

创新的奇境，

恰恰在这种狭窄中展现。

只会循着别人的足迹走，

也许永远找不到创新之门。

在科学创新的十字路口，

写着四个大字：独辟蹊径。

没有知识不可能创新，

但简单的知识堆积酿不成创新的美酒。

创新不仅需要知识和才华，

还需要胆略、判断力和坚持精神。

惊世骇俗的思想和理论，

总是要突破常识的，

但最终也会变为常识。

在已知的沃土上劳作，
一分耕耘总会有一分收获。
在未知的荒原上探索，
十分耕耘也可能一无所获。
这正是探索的艰辛所在，
也正是创新的魅力所在。
在知识的莽原上东奔西突，
任何一条歧路，
都可能耗尽一个人短暂的一生。
科学的鉴赏力和判断力，
成为创新路上的指路明灯。

探索和质疑

从一定意义上说，

对真理的探索，

比对真理的占有更可贵。

探索者从不把自己停留在句号上，

而是携带着一个又一个问号，

行进在永无止境的创新之路上。

"？"是打开科学之宫的钥匙，

"？"是引发创造思维的雷管。

在探索者的眼里，

一切都是可以怀疑和挑剔的。

不满足已有的结论，

去想去做前人没有想过做过的事，

这是探索者的天职。

探索者的心永远是年轻的，

因为时刻激荡着对创新的渴求。

探索者的脚印即使被风雪掩埋，

也决不后悔跋涉的艰难。

探索者左顾右盼，

甚至掉转头来向后看，

那不是犹豫和迟疑，

而是为了更坚定地向前。

对未知领域的探索，

事实比愿望更重要、也更无情。

在迂回曲折的小径上踯躅，

这不是探索者的过错。

不经探索的成功是侥幸，

探索中的失败是财富。

探索者从挫折中学到的东西，

往往比从成功中学到的更多、更深刻。

探索者的失败令人惋惜，

失败的探索者受人尊敬。

没有失败的探索不可想象，

没有探索的失败不能原谅。

在驾轻就熟的路上徘徊，

常常陷入山重水复的困境。

在另辟蹊径的小路上求索，

往往出现柳暗花明的新天地。

迷信是守旧者的信条，

质疑是创新者的权利。

从来就有的未必正确，

从来没有的未必不能存在。

由疑而思，由思而断，

通过实践，释疑达信，

这是认识真理的必由之路。

对异常现象产生疑问，

也许一般人都能做到。

对司空见惯的事物提出质疑，

很可能是天才思想的萌芽。

把悖于常理的事情，

简单地斥之为虚妄，

无异于把对未知事物的认识，

拱手让给迷信和神灵。

始终盯着目标义无反顾地前行，

这是探索者最可宝贵的品格。

攀登者从不因为没有到达顶峰而后悔，

自信每一步都坚定地站在新的高度上。

继承和借鉴

在成功者的前方，

先行者的足迹依稀可辨。

在成功者的周围，

同伴们的脚印斑驳混杂。

任何一项伟大的科学成就，

都建立在前人劳动成果之上，

谁也造不出科学上的"空中楼阁"。

不继承前人的优秀成果，

就失去了继续前进的基础。

如果拘泥于前人的结论，

缺乏独立思考的勇气和锐气，

科学创新也不可能实现。

善于学习和借鉴别人的东西，

是对自己力量有信心的表现。

既是对别人的尊重，

也是对客观规律的敬畏。

但借鉴不是简单的模仿，

模仿的大路是通畅的，

正因为通畅而缺少创新的魅力。

邯郸学步、匍匐而归，

这是模仿者的悲剧。

真理和谬误

真理是实践的孩子，

而不是权威的宠儿。

绝对真理的"长河"，

由无数相对真理的"水滴"组成。

世上没有包罗万象、一成不变的真理，

也没有一举把真理认识完的天才。

探索真理之路，

一头连着历史，

一头通向未来。

真理有时是光芒四射的红日，

有时是远处若隐若现的微光。

在真理的殿堂里，

凡是真知灼见都可以找到应有的位置。

任何无知妄说，

都休想占据立锥之地。

真理和谬误泾渭分明，

却又常常相邻而居。

本来要叩响真理的大门，

仅仅多跨了一步，

便走进了谬误的房间。

真理的闪光，

在谬误的背景下会显得更加明亮。

对谬误进行深刻的揭露，

其价值有时不亚于发现真理。

真理的长河奔腾着，

谬误的泥沙在其间上下翻滚。

随着时间的推移，

泥沙终究要沉入水底。

真理的大树耸立着，

谬误的青藤缠住树干攀缘而上。

实践的风暴袭来，

青藤终于枯萎、衰败。

谬误可以在科学舞台上喧嚣一时，
但实践的权威不会长久地沉默。

片羽集
—— PIAN
　　 YU
　　 JI

二十二

关于实践

科学之神永远充满活力，

因为它不断地吮吸实践的乳汁。

当创新在历史的十字路口徘徊时，

实践的呼声会出来指引方向，

于是，一条新路豁然开朗。

创新的曲径在实践的大地上延伸，

成功的果实在汗水的浇灌下成熟。

新奇的思想纵然是粒粒珠玑，

如果没有实践这根金线，

也串不起创新的项链。

实践的钻头钻深了，

常常产生智慧的井喷。

知识的源头畅通了，

上
篇

063

往往形成才思的涌流。

知识之树枝繁叶茂，

因为它植根在实践的沃土里。

实践从不埋没"卑贱者"的真知灼见，

也决不偏袒"高贵者"的无知妄说。

勤勉的汗水滴进实践的土壤，

催生着机遇的幼芽破土而出。

离开实践空谈机遇，

必然和神秘主义攀亲结缘。

勤奋和迷恋

成功的大门，

由勤奋的钥匙开启。

生命的琴弦，

靠不懈的追求拨动。

确定一个奋斗目标并不难，

难的是，

无论遇到何种艰难都坚持到底。

真正在事业上有所成就的人，

必然是那些坚持既定的目标，

锲而不舍地追求奋进，

清醒认识自己所扮角色，

而不为世俗所动的人。

成功之门为勤奋者敞开着，

而把那些企图侥幸取胜的人

无情地拒之门外。

如果说潜能是一堆炭，

那么，

勤奋就是引燃这堆炭的火种。

巨大的智力潜能被蕴藏着，

一旦被勤奋之火点燃，

爆发出来的伟力连自己都会吃惊。

科学的十字架对真诚的追求者来说，

无比神圣也无比沉重。

一个钟情于科学的人，

真理不会长久地不理睬他。

对事业的专注和迷恋，

是所有成功者的共同特征。

科学从不把奥秘恩赐给人们，

但当你倾心于它时，

它会以神奇的魅力感召你的心灵。

迷恋是天才的挚友，

勤奋是成功的恩师。

当兴趣和志向连结在一起，

力量的源泉就会永不止息地喷涌。

迷恋和勤奋以责任感作船舵，

事业的风帆就能到达成功的彼岸。

上篇一

成功与失败

通往科学凯旋门的路，

由挫折和失败的砖石铺成。

在失败的染色体上，

往往蕴含着成功的基因。

世上一切堪称成功的金粒，

都从失败的砂砾中千淘万漉而来。

经过一个又一个失败的隧道，

方能看见通向成功的晨曦。

通向成功的阳关大道，

很可能是一条泥泞小路的召唤。

当勤奋和理想挽起臂膀，

总有一天会撞开成功的大门。

没有被失败的苦恼折磨过，

也许永远享受不到成功的欢乐。

失败后鼓起勇气重新再来，

这本身就是极大的成功。

如果想避免任何失败，

成功也许永远不会出现。

在失败面前，

一百次后悔不如一次实干。

成功和失败的最后一位裁判者，

通常由毅力来充当。

在成功和失败之间，

从来没有不可逾越的鸿沟。

在挫折和失败面前一味蛮干，

主观上想寻找真理，

实际却向真理的相反方向跑去。

从某种意义上说，

任何成功和荣誉，

当获得它时也许就意味着失去。

无论是谁站在峰顶上前行，

不可能不走下坡路。

真正的成功者，

总是不断摆脱盛名之累，

时时抖落那些能只说明过去的附着物。

再大的成功和荣誉只属于过去，

不懈追求才能赢得未来，

在已有的成功中沉醉，

终有一天会遭受失败的惩罚。

二十五

知　识

知识是洒向荒漠心田的甘霖，
知识是灌溉人类文明的清泉。
知识是照亮人生道路的火炬，
无知是使人跌入深渊的蒙眼布。

精神的荒原开始有生命的萌动，
是从读书开始的。
迷茫的灵魂被知识导引，
展现的是一片光明。
古今中外无数事例说明：
能够改变人生轨迹的，
一是知识，二是机遇。

科学不被尊重，
迷信必然猖獗。

上
篇
一

071

知识不被尊重，

愚昧必然盛行。

科学和知识的尊严受到亵渎，

迷信和愚昧的鬼神就会出来显灵。

每个人的心头，

都有一块未开垦的处女地。

铲除愚昧的荒芜，

引来知识的甘泉，

播下希望的种子，

长成智慧的绿荫。

知识贫乏，

是比衣衫褴褛更为羞愧的事。

脑袋空空，

是比口袋空空更可怕的贫穷。

不耻下问是科学的老实人，

不懂装懂是知识的诈骗犯。

二十六

求　知

求知，

一条艰难曲折、陪伴终生的路，

一条洒满阳光和欢乐的路，

一条只有起点没有终点的路。

面对浩瀚的知识海洋，

任何人都只能取一瓢而饮之。

从这个意义上说，

再伟大的天才都是渺小的。

一知半解自以为全知，

半通不解自以为精通，

这是求知者的悲哀。

一个炫耀知识的人，

无异于向别人宣布自己的无知。

求知，

并不是简单地往空坛子里装东西。

大脑不应当只是知识的储藏室，

而应当成为各种信息的加工厂。

有的人在知识的密林里奔突，

却始终看不见智慧的光。

清醒的求知者，

随时向学习的对象提出问题，

这是踏上成功之路的第一步。

求知如探海，

急躁浮泛者空手而归，

浅尝辄止者所获无几。

唯有坚忍不拔的求索者，

才能获得知识海洋的慷慨馈赠。

不要害怕有些东西，

从"知识"的网眼里漏掉。

把精力集中在

能把自己引向深处的东西上。

如果一味地在知识海洋里贪食，

最终可能被知识狂涛所吞没。

一个人可以在某个领域驰骋纵横，

但很可能在另一个领域束手无策。

恰当地估计自己的才能，

如实地承认在某些方面的无知，

这不是缺乏勇气和自信，

而是尊重科学的自知之明。

积跬步至千里，

集细流成江海。

飞瀑之下，

必有深潭。

求知有三种境界：

学而知之，

识而知之，

困而知之。

灵活、多样、科学的求知方法，

往往形成才思的泉涌和智慧的井喷。

治学之道

博观而约取，厚积而薄发。

学贵专精，不尚驳杂。

这是基本的治学之道。

博采众长，

为的是熔百家精华于一炉。

聚焦知识，

为的是集千条光束于一点。

重要的是，

总要多一点自己的东西。

正如下棋，

棋谱是要看的，

但高明的棋手从不靠棋谱取胜。

正确地提出问题，

等于解决问题的一半。

另一半是什么？

科学的方法和坚韧的毅力。

当知识的狂涛

要把一个人有限的时间淹没的时候，

掌握驾驭知识的能力，

就成为科学创新的关键。

任何知识和经验都是有限的，

而灵活运用这些知识和经验的方法，

则是无穷的。

虽师勿师，

不取亦取。

无名小辈的班门弄斧，

自然是不足取的。

但有时小人物的"献丑"，

比某些权威的"藏拙"，

显出更多的自信。

不同凡响的真知灼见，

上
篇

从来不为名人权威所独有，

而往往出自"小人物"。

在求索真理的跑道上，

无论是资深历广的专家权威，

还是羽翼未丰的科学新兵，

大家都是平等的"运动员"，

唯一的"裁判员"是实践。

思维的互相碰撞，

会迸发智慧的火花。

学行的互相砥砺，

能激荡创新的波澜。

知识缺陷在相互交流中弥补，

思维方式在相互启迪中完善，

科学气质在相互影响中提升。

扑朔迷离的成功之路，

在相互激励和思维触发中展现。

二十八

思维方法

形而上学的铁索，

可以禁锢一切新颖思想。

主观唯心论的泥潭，

足以淹没一切创造才华。

唯物辩证法是一位睿智的伟人，

它的力量在于：

把理论靠在背后，

而把脸朝着实践。

思路是一切创造的精灵。

它像一张大网，

敞开了才能捕获更多的东西。

高超的手艺人用极普通的材料，

能做出精美无比的工艺品，

杰出的科学家从尽人皆知的现象中，

发掘出惊世骇俗的理论来。

如果说，
在一个专业里深钻是开掘运河，
那么，
左顾右盼于相邻的知识领域，
则有可能酿成江海。
有意识地把智慧的触角，
伸向不熟悉的知识领域，
一些有价值的启示，
也许正产生于半通之中。

在熟悉的知识链条中，
嵌接上不熟悉的知识元素，
常常会获得意想不到的新发现。
当思维从一个领域，
跳跃到另一个知识领域时，
需要靠直觉和非逻辑思考。

过分关注眼下所做的事情，

可能成为创新的严重阻碍。

把百思不解的问题暂时搁置一边，

时间会松动过于紧张的思维琴弦。

大脑将各种信息贮存加工，

建立许多暂时的联系，

一旦得到创新火花的触发，

思维的全部线路会突然接通。

世界上有各种各样的自由，

最伟大的自由，

是自己能掌握自己的命运。

世界上有各种各样的囚笼，

最可怕的囚笼，

是自己把自己束缚在僵化的思维中。

如果把一个人的思维比作算盘，

那么，需要正确地拨动自己的思维珠子。

既善于采撷别人的智慧精华，

又不受已有知识和经验的束缚，

坚定地在创新路上前行。

二十九

灵感和机遇

灵感是勤奋者的知心朋友，

是汗水留下的美妙诗句。

灵感是思维的瀑布，

冲决陈见和传统的围堵。

灵感是智慧的闪电，

照亮陷于困境的思路。

灵感是创新的钥匙，

开启艺术和科学的宝库。

任何偶然性，

都受隐蔽着的必然性的支配。

必然性在无数偶然性中，

为自己开辟道路。

由偶然性长出的科学幼芽，

植根于必然性的沃土之中。

从偶然性的背后，

找出隐藏着的事物本质，

神秘主义的支柱就不推自倒。

从表面上似乎寻常的现象，

认清隐藏着的事物的本质，

并不是一件容易的事情。

知识广博、想象丰富、独立思考的人，

对灵感和机遇情有独钟。

机遇是对艰苦劳动的奖赏，

而不是守株待兔式的侥幸。

勤勉的汗水滴进实践的土壤，

灵感的奇葩就会含苞吐艳。

机遇总爱和粗心者开玩笑，

留给他失之交臂的遗憾。

研究者错过科学发现的机遇，

常常不是因为没有看见什么，

而是不能鉴别其价值和意义。

从寻常的现象到惊人的发现，

对于一个有准备的头脑，

也许近在咫尺。

对于一个没有准备的头脑，

可能相隔万里。

片羽集
PIAN
YU
JI

想象和判断

想象是由创造性思维打开的

五彩缤纷的降落伞。

大胆而奇特的想象，

冲破已有知识和经验的罗网，

使智慧插上奋飞的翅膀。

赋予艺术作品以生命的活力，

给科学思维带来智慧的闪光。

想象是创新之鸟的羽翼，

判断是想象之马的缰绳。

打开想象力的闸门，

充满活力的思想波涛不停翻滚。

配以判断力的缰绳，

想象的骏马沿着客观规律的大道飞奔。

上篇一

不以丰富的知识为基础，

不以分析和判断为推力，

想象有可能成为胡思乱想的代名词。

一个孤陋寡闻、学识浅薄的人，

有什么美妙的想象可言？

下篇
PART TWO

感悟春夏秋冬

幼芽探头探脑地钻出地面，
原来它闻到了春天的气息。
春雨垂下无数条丝线，
把天空和大地连结在一起。
俯下身去与泥里的精灵耳语，
悄悄唤醒那些冬眠的灵魂。
春风戏弄着柔美的柳梢，
给万物送去勃发的生机。
柳絮忙着寻找自己的归宿，
用飞舞诠释生命的真谛。

蝴蝶轻轻地扇动着翅膀，
细细地品味春天的味道。
蜜蜂默默地驮着一片春光，
在百花园里忙碌终生。

迎春花最早报告春天的信息，
仿佛是春的乐曲上跳动的音符。
山桃花漫山遍野尽情绽放，
执意为春天举行一场盛大的庆典。
春天的一切都那么美好，
因为孕育和构思了整整一个冬天。

紫薇不在春天盛开，
也许对夏另有期待。
鸣蝉栖息在高枝歌唱，
用自己的方式对夏表白。
垂柳的倒影婀娜多姿，
招引着水中似醒似睡的睡莲。
池中的荷莲随风摇曳，
诉说着夏的清凉和炎热。
雨荷在轻风细雨中低吟浅唱，
逐渐从夏走向秋的成熟和寥落。

高粱羞涩地红着脸低着头，
深深地表达对大地养育的敬意。

红叶由绿转黄、由黄变红，

淋漓尽致地演绎生命的壮美。

秋夜的一弯新月，

不经意挂在摇晃的树枝上。

思乡的月光挽起秋风，

伴着片片落叶起舞。

秋风把落叶介绍给大地，

让它在腐朽中获得神奇。

落叶追不回绿的岁月，

甘愿在大地母亲的怀里长眠。

枯叶在寒风中不停地颤抖，

似乎不情愿为秋去殉葬。

无奈飘落时的肃穆，

是另一个新生命的序曲。

每一片飘落的枫叶，

都是秋向冬发出的请柬。

青松亲吻着每一朵雪花，

把整个银色世界包容在心中。

漫天飞雪像一张大网，

网住了大地和天空。

纷飞的雪花恣意飘洒，

恰似冬的精灵在轻歌曼舞。

当残雪还在暗恋着冬时，

玉兰冲出冬的重围盛开。

冰雪消融后梅花绽放，

等待有时也是一种美丽。

枯枝拨动着琴弦，

落叶轻敲着鼓点。

天空听到的是冬天的呜咽，

大地听到的是关于春天的歌。

感悟日月星辰

黎明的曙光姗姗到来，
寥落的晨星黯然离场。
不知名的鸟雀从窗前飞过，
衔着清晨的第一缕阳光。

水鸟从湖面轻轻掠过，
大地慢慢地睁开了眼。
晨雾想长久地笼罩群山，
太阳出来说不。

太阳是宇宙中一颗成熟的果实，
永不疲倦地为大地付出一切。
月光是太阳许下的承诺，
忠实地为千家万户送去银辉。

云雾汇聚着大自然的灵气升腾，

因而总是那么变化莫测。

正因为有了云彩的阻隔，

霞光才璀璨无比。

闪电撕破幽暗的夜空，

让暴雨从缺口处往下倾泻。

乌云被闪电不停地抽打，

掉下的眼泪给大地以甘霖。

夕阳用血红的颜色，

写下迟暮的遗憾和壮美。

流星划破夜空写下一句诗：

没有奋进就没有光明！

夕阳不经意掉进海里，

溅起的霞光一片斑斓。

有时又悄悄地翻过山梁，

去寻找另一个充满希望的黎明。

感悟江河湖海

山泉从怪石和败叶中冲出，
奔向一条光明之路。
小溪是山间迷路的孩子，
执意追寻远方的江河。
江河永不停歇地奔流，
心中激荡着对大海的向往。
大海敞开辽阔的胸怀，
欢迎千江万河的到来。

大河总是那么疾流滔滔，
转折也是为了更舒展地向前。
两岸青山静静地伫立，
默默地为远去的江流送行。

海浪排山倒海，

阵势浩浩荡荡。

波峰牵着波谷，

波谷拥着波峰。

向着嶙峋的礁石冲去，

化成洁白的浪花飞溅。

纵然摔得粉碎，

也决不离开大海的怀抱。

浪花永远不会凋谢，

除非大海停止呼吸。

涛声记载着大海的雄浑，

浪尖记载着大海的豪强。

峭石记载着大海的暴烈，

沙滩记载着大海的柔情。

石舫因为没有颠簸，

自然失去了船的魅力。

池塘沉溺于宁静，

终于成为死水一潭。

如果没有狂风巨浪，

大海照样显得平庸。

感悟花草树虫

种子埋在幽暗的泥里，
充满着对春天的憧憬。
小草悄然地无声崛起，
为黄土地增添一丝绿意。

幼芽破土而出的伟力，
源于对阳光的渴求。
托起的是一片嫩黄的叶子，
展开的是一面生命的旗帜。

竹鞭在地下拼命向远处延伸，
顽强地为钻出地面积蓄力量。
爬山虎在风雨中攀缘，
目标是占领整座高墙。
青藤匍匐在地上残喘，

原来它离开了大树。

亭亭如盖的树，
时刻牵挂着默默无闻的根。
森森的树冠尽力张开，
呵护着树下的弱枝野草。
挺拔的树干直刺苍天，
奋力抗击风雨雷电。

野草使大地披头散发，
那是赤子对母亲的真爱。
岩松在瘠土里深深扎根，
执拗地做着绿色的梦。

牵牛花迎着黎明开放，
然后裹着黄昏凋谢。
生命虽然短暂，
却与光明同在。

水仙花只吮吸清水，

吐出的却是芬芳。
淡淡的幽香缕缕不绝，
只因心中积存着对春天的挚爱。

风姿绰约的牡丹开得轰轰烈烈，
全然不顾满园群芳的嫉妒。
穿着艳丽衣裙的郁金香，
放肆地展示迷人的妩媚和温情。

万树梨花雪白得令人心醉，
蕴含着那么多俊美和灵秀。
洁白的昙花虽然只是一现，
同样展示生命的精彩。

飞蛾敢于扑向烛火，
那不是为了追求光明。
蜂蝶不去招惹秋菊，
那不是因为秋菊孤傲清瘦。

河蚌甘愿接受沙粒，

为的是孕育珍珠。

春蚕乐于作茧自缚，

为的是憧憬未来。

高山把弱枝小草扶上山巅，

展示粗犷而温柔的情怀。

羊肠小道奋力爬上山顶，

为的是一路欣赏野花的精彩。

偶感之一

离开生活，

艺术之花将凋零。

离开实践，

科学之树将枯萎。

离开创新，

活力之源将干涸。

离开事业，

人生之路将断毁。

离开信念，

生命之舟将迷失方向。

离开大地，

春天之魂将无家可归。

偶感之二

钢铁最难忘熊熊的烈火，
锄镰最难忘沉重的铁砧。
江流最难忘深深的峡谷，
风帆最难忘湍急的险滩。

历史最难忘屈辱的一页，
人生最难忘精彩的瞬间。
事业最难忘探索的艰辛，
成功最难忘险峻的关隘。

偶感之三

黑暗，

那是因为远处有光明。

即使再微弱的光，

黑暗也会在它面前发抖。

挫折，

那是因为以往是顺境。

坚持信念的守望，

任何挫折都不足为奇。

偶感之四

千丈飞瀑，

其势越大越惊心动魄。

万叠重峦，

其峰越险越令人神往。

没有汹涌的波涛，

航海者就没有力量的显示。

没有陡峭的山峰，

登山者就没有信心的激发。

没有重重的困难，

探索者就没有胜利的喜悦。

通往成功的路崎岖而漫长，

但起点就在自己的脚下。

偶感之五

小者大之源，
少者多之端。
没有无数小溪的涓涓细流，
就没有浩瀚海洋的博大精深。
没有日积月累的知识储备，
就没有科学创新的奇迹出现。

偶感之六

历史既为不平凡的人提供机遇，

更为无数平凡的人搭建舞台。

力求不平凡固然可贵，

甘于平凡同样可赞。

重要的是，

奋进之心永不泯灭。

偶感之七

没有那些矢志不渝、义无反顾的先行者，
没有那些在失败与成功的交织中奋力前行
的求索者，
无论是社会变革还是科学进步，
都是不可想象的。
崇敬先行者，
赞美求索者，
是人间之正道。

偶感之八

知己知彼，

无往不胜。

不知己，焉能知彼？

不知彼，难以知己。

知彼难，

知己亦不易。

世间最难的事，

莫过于了解自己。

正视并战胜自我的人，

是真正的强者和勇士。

偶感之九

世上许多事固然"事在人为"，

但"无力回天"的事还少吗？

真想干总会有办法，

不想干总会有理由。

没有办法的办法，

可能是最好的办法。

不经深思熟虑的失误，

也许是最不应该的失误。

偶感之十

尽管你不是思想家，

但当你在做每一件重要事情时，

不仅应当知道"怎么做"，

而且应当力求懂得"为什么"。

总结经验教训的实质，

在于及时校正航向。

善于总结经验教训的人，

也许只失败一次。

不善于总结经验教训的人，

可能失败多次。

偶感之十一

无知并不可悲，

可悲的是自以为是。

浅薄并不可怜，

可怜的是假装深沉。

失足并不可恨，

可恨的是撞了南墙不回头。

偶感之十二

一个人的品格由多种元素构成，
其中最重要的是骨气。
在权势、功名、金钱面前，
失去骨气就意味着：
自尊的亵渎，
良心的泯灭，
道德的沦丧……

偶感之十三

非议和责难，

并不一定是前进路上的障碍。

你看，

风筝从来逆着风遨游天空。

抵挡冷嘲热讽的最好办法，

就是努力提高自己的"熔点"。

让别人去说三道四，

坚定地走自己的路。

偶感之十四

对一个聪明的人来说，

"难得糊涂"是聪明。

对一个愚笨的人来说，

"难得糊涂"是愚笨。

说"难得糊涂"的，

多半是假糊涂。

按"难得糊涂"去做的，

可能是真糊涂。

偶感之十五

什么是一个人的成熟？

一种阅尽世俗的镇定，

一份冷静思索的从容。

一座并不陡峭的山峰，

一片格外明亮的天空。

一段经历挫折、奋力前行的征程，

一股厚积薄发、活力四射的喷涌。

一种无法用金钱衡量的财富，

一种难以用财富表达的厚重。

下
篇
一

偶感之十六

生命，

一条永不断折的链条。

当你赞叹孩子的天真时，

老人正在羡慕你的青春。

生命不仅是健全的躯体，

还有理想、事业、情操。

青春不仅是美丽的容貌，

还有活力、气质、创造。

偶感之十七

皱纹是岁月在生命之树上刻下的年轮，

丝丝缕缕、沟沟岔岔，

深深浅浅、短短长长。

左一道是睿智。

右一道是笨拙，

上一道是辛酸，

下一道是甜蜜。

唯有自己能读懂。

偶感之十八

能拯救一个人灵魂的，

唯有知识和爱心。

没有知识的人生是空虚的，

没有爱心的人生是苍白的。

既没有知识又没有爱心的人生，

是可悲和可怕的。

偶感之十九

人们希望远离艰辛、窘迫和清贫，

然而，

往往正是这些东西，

使生活变得高尚起来。

人们企求舒适、富有和安逸，

然而，

常常正是这些东西，

使生活变得庸俗不堪。

偶感之二十

在最危急的时刻，
英雄和懦夫之间的距离，
也许只是一个转身。
然而，
这个转身绝不是偶然的。

偶感之二十一

在感情的天平上，
祖国的分量最重。
在人生的跋涉中，
事业的道路最长。
在人间的万象里，
大爱的境界最高。
在道德的法庭上，
尊严的呼喊最响。

下篇一

121

偶感之二十二

有一种姿态叫坚守：

嶙峋的峭石稳稳地站着，

黑夜的灯塔闪闪地亮着，

千年的古塔静静地等着，

万古的江河默默地流着。

有一种信念叫坚守：

鲜花是春天的诺言，

潮汐是大海的诺言，

忠贞是爱情的诺言，

纯真是友谊的诺言。

有一种责任叫坚守：

顺利时不懈不怠，

艰难时无怨无悔，

无助时不弃不离，

危困时无私无畏。

下
篇
一

偶感之二十三

凡事都有度。

含蓄是深沉、是智慧，

如果过了头，

就是虚伪甚至狡诈。

直率是坦然、是真诚，

如果过了头，

就是鲁莽甚至暴戾。

124

偶感之二十四

嫉妒，

一种以自我为中心的病态心理。

古往今来，

只要有真正的梁山好汉，

就会有白衣秀士王伦。

一个人的视线，

如果被嫉妒的尘埃遮挡，

必然产生狭隘的偏见。

偶感之二十五

嫉妒别人的才能，

决不会减少自己的无知。

在别人的成绩面前，

临渊羡鱼不如退而结网，

真正拿出属于自己的东西来，

用成果同别人较量。

偶感之二十六

母爱流淌在血液里，

镌刻在心灵上。

比春风更柔和，

比细雨更滋润，

比海洋更深邃，

比高山更坚韧。

像日月那样圣洁，

如天地那样永恒。

偶感之二十七

怀旧是成熟后的一缕情思，

有时是面对昨天的几滴清泪。

一半是美好，

一半是苦涩。

也许是一股清泉，

也许是几许遗憾。

也许随着淡淡的思念而来，

也许伴着汩汩的泪水而去。

清泉也罢，遗憾也罢，

思念也罢，泪水也罢，

它毕竟是属于自己的。

偶感之二十八

内疚是

一条蛀食心灵的小虫，

一个久不愈合的伤疤，

一种说不清、道不出的隐痛，

一枚难以下咽而又不得不吞食的苦果。

然而，内疚也是

一种良心的发现，

一种道义的醒悟，

一种理智的宽容。

偶感之二十九

有的人潇洒飘逸，

有的人直率豪爽，

有的人沉稳冷静，

有的人三思而行。

如果

潇洒中有稳健，

豪放中有缜密，

沉稳中有激情，

深思中有真诚，

那就是近乎完美的性格。

偶感之三十

自以为是的人到处张扬，

但真理往往并不在他手中。

自以为非的人谨慎从事，

在客观规律面前做老实人。

自以为绝顶聪明的人，

往往干出最愚蠢的事情来。

偶感之三十一

能够发现自己的幼稚，

正是走向成熟的开始。

如实看到自己的缺点很难，

正确认识自己的优点也未必容易。

偶感之三十二

在现实生活中，

人人都会有悲哀，

适度的悲哀是感情真切的表露。

陷入悲哀的泥潭而不能自拔，

则是缺乏理智和自信的表现。

殊不知，

当悲哀慢慢地离去，

快乐就会悄悄地到来。

偶感之三十三

在一般人看来，

寂寞是人生的一大缺憾。

然而，

甘于寂寞而默默耕耘者，

则展现一种美的风采。

当寂寞成为对人世万象的梳理，

产生对人生价值的崭新认识时，

那就是一种宝贵财富。

偶感之三十四

激动是思想的外露和宣泄，
是情感的迸发和升腾。
谁都可能为一时的激动而追悔，
但一定会从难以忘怀的激动中，
获得精神上的满足和慰藉。

下篇一

偶感之三十五

偶像的形象高大无比，

那是因为崇拜者跪着仰视。

偶像的光环异彩照人，

那是崇拜者的目光过于虔诚。

偶感之三十六

胜人者智，

自胜者强。

把握不住这把"双刃剑"，

总有一天会伤了自己。

强者往往不是被别人，

而是被自己击倒的。

偶感之三十七

如果说，

信念是人生价值的支点。

那么，

知识就是人生价值的砝码。

人生价值天平的失衡，

往往是从无知开始的。

偶感之三十八

在人生之路上跋涉，

顺利时勿丧志，

逆境时莫消沉，

平坦时戒浮华，

坎坷处防滑跌。

纵然幸福，

不要忘乎所以。

纵然快乐，

不要乐极生悲。

纵然痛苦，

不要自暴自弃。

纵然荆棘丛生，

走出黑暗就是黎明。

下篇一

偶感之三十九

事业是生命的一块界碑。

有的伟岸耸立，

有的平淡无奇，

有的本固基强，

有的残垣断壁。

知识是生命的一抹彩霞。

有的绚丽多姿，

有的霞光万丈，

有的如火如云，

有的似梦似幻。

偶感之四十

可以甘于日子的平凡，
不可以忍受日子的平庸。
可以认可人生的淡定，
不可以失却对成功的渴求。

偶感之四十一

巧自笨功出，

精由熟中来。

弓劲箭必远，

流急水必深，

云厚雨必猛，

人韧事必成。

偶感之四十二

抖落世俗的纤尘，

穿行在时光雨巷，

一切浮躁和烦恼，

都会离你而去。

让遗憾和叹息，

在岁月的流逝中消失。

让清醒和理智，

在永恒的记忆里定格。

偶感之四十三

智者的快乐不是因为拥有，

而是知足常乐、懂得感恩。

勇者的力量不是因为没有困惑，

而是敢于面对、含着眼泪前行。

偶感之四十四

坚信自己，

就是给困境一个下马威。

感动自己，

就是给奋进一个原动力。

义无反顾地走自己的路，

不必因别人的议论而累活着。

偶感之四十五

命运多舛的人生，

往往在孤寂中展现自身价值。

淡泊的清泉在心底汩汩流淌，

生命之树就会一片葱绿。

偶感之四十六

小荷才露尖尖角，
早有蜻蜓立上头。
早慧的人才可贵！

苍龙日暮还行雨，
老树春深更着花。
伏枥的老骥可赞！

雏凤清于老凤声，
青出于蓝胜于蓝。
后起之秀可爱！

偶感之四十七

尺有所短，寸有所长。

全才和完人世上从来没有。

展其所长，避其所短，

这是用人艺术的精髓。

任贤使能，治定功长。

有德无才、力不从心，

要误事！

有才无德、其行不远，

必坏事！

偶感之四十八

谎言总喜欢穿真实的外衣，
真实从来拒绝谎言的盛装，
谎言在无知面前气壮如牛，
但在事实面前却胆小如鼠。

下篇

偶感之四十九

肥皂泡最绚丽多彩的时刻，

也是即将破裂的瞬间。

气球轻轻地一声叹息，

招来的是无可挽回的坠落。

断线风筝告诉人们：

没有约束就意味毁灭。

偶感之五十

船帆高高地昂起头颅，

那不是炫耀自己，

为的是承接更大的风力。

紧紧地攀住桅杆，

那不是缺乏自信，

为的是与风浪搏击。

轻轻地悄然落下，

那不是逃避责任，

为的是明天的远行。

偶感之五十一

礁石永久地缄默，

因为经受了太多的磨难。

卵石经不住水的诱惑，

所以把自己磨得那样圆滑。

沙滩上的海螺虽然竖起耳朵，

但已听不见大海的呼唤。

海风的辫子被峭石揪住了，

于是发出凄厉的悲鸣。

偶感之五十二

贝壳无情地被海浪抛弃，
虽然也有过梦的美丽。
无奈地在沙滩栖息，
总难忘与风浪的搏击。
曾经是大海的孩子，
离开母亲一无所依。

下篇
一

偶感之五十三

瀑布在悬崖上跌落，

因而有壮烈的轰鸣。

火山终于喷发，

因为积蓄得太久了。

彩虹虽然美丽，

但不过是一个虚幻的梦。

偶感之五十四

禾苗需要雨露，

但不需要暴风骤雨。

嫩芽需要阳光，

但不需要烈日曝晒。

置花草于死地的，

不仅有严霜酷寒，

还有板结的土壤。

偶感之五十五

蜿蜒的长城起起伏伏，

锁不住边关寒冷的月色。

千年的古刹钟声悠远，

诉不尽世间绵绵的恩怨。

偶感之五十六

蜗牛只会缓慢地爬行，
因为身上的负担太重。
骆驼从容不迫地前行，
因为心中向往着绿洲。

偶感之五十七

向日葵低垂着头，
饱满的籽粒在回味阳光的恩惠，
酝酿发表关于成熟的宣言。
豆芽菜营养贫乏又相互挤迫，
所以才长得那样瘦弱。

偶感之五十八

钟乳石是时间的化身，

在变迁中默默期待，

在黑暗里向往光明。

以数百年长高一厘米的速度，

向人们显示自己的毅力。

下篇一

偶感之五十九

压路机在坎坷中前进，

为的是给人们留下平坦。

千斤顶展示神奇威力，

因为它总是紧靠大地。

铁锚被重重地抛入海底，

那是信任而不是嫌弃。

脚手架默默地升起落下，

默默地任人踩踏，

把自己的坚毅和忠诚，

融进雄伟的大厦。

偶感之六十

有人说，

从一个窗口看不到整个世界。

其实，

认识世界总是从一个窗口开始的。

有人说，

世界上没有两片完全相同的树叶，

其实，

世界上也没有两片完全不同的叶子。

有人说，

不想当元帅的士兵不是好士兵。

其实，

想当元帅的士兵未必是好士兵。

有人说，

一个行动胜过十打纲领。

其实，

没有纲领的行动比没有行动的纲领更危险。

增订后记

写这本小书的初衷，自序中已经说了。为什么叫增订本，要有一个交代。

写这本小册子，与我的经历有关。1958年，我进入清华大学水利工程系学习，两年后转到哈军工二系。大学毕业后，在科研院所工作，为祖国的核事业尽微薄之力。改革开放后从政，从当干事到在多个岗位上担任领导职务，直至2013年退休。

从中学开始，就爱思考问题，不时写点散文、诗歌之类的东西。1984年，天津科学技术出版社出版了我的一本小书《科窗碎语》，这本书的后记中说明了情况（见附录一）。到了1993年，上海人民出版社出版了我的另一本小书《思海偶拾》，副标题是"关于人生、事业、求知、创造的思考"。写这本书的缘由，书中的后记也作了说明（见附录二）。又过了十五年，在前两本小书的基础上，不断修改充实，

2007年党建读物出版社出版了我的《片羽集》，自序中表明："这是一本用心灵写成的小书；这是一本从二十几岁写到六十多岁的小书；这是一本原来写给自己、后来也想让别人看看的小书。"四年以后出了这本书的修订本，并写了"修订后记"（见附录三），这时已经七十岁。本来想画个句号，但思索没有停止，想从美的角度重新认识一些问题，于是，2018年华龄出版社出版了我的《美的微光》（署名于跃），自序中写了我当时的想法（见附录四）。又过了几年，2021年我进入八十岁，新冠肺炎疫情肆虐，整天宅在家里，忍不住对《片羽集》再做一次增订，这回真的画句号了。

需要强调的是，写这本小书从青年、中年到老年，时间跨度几十年，无论是文字还是内容，都带有明显的时间印记和思想局限，但毕竟是自己一点一点积存的，姑且都保留下来，让读者去评判。附录五是几位年轻人写的读后感，多有溢美之词。

中共中央党校出版社的同志为本书的出版付出辛勤劳动，谨以致谢！

2022年5月

附录一

《科窗碎语》后记

　　人类在地球上已经生活了数百万年，但从刀耕火种、结绳记事到今天，大概只有上万年，而真正把科学技术广泛运用到生产上来，不过是近三四百年的事。在这几百年中，人类的知识以惊人的速度增长着。如今，尽管有人认为"知识爆炸"的说法并不准确，但知识激增却是客观事实。在这种情况下，提高科学素质，掌握创造方法，培养驾驭知识的能力就是一件十分重要的事情。有感于此，笔者近几年来陆续写了一些短文。当然，要真正给读者一些东西，并不是容易的事，本人自知才识浅薄，力所难及。所以，当我把这些曾在北京、天津等地报刊上发表过的短文整理汇集时，提书名就很费了一番心思。自己虽说在科研所里工作过一段时间，但仅仅是一个刚入门的新兵而已，要谈科学素质和思维方法，老实说是不够资格的。但我总算站在科学的窗口，看到过里面绚丽多彩的景象，自己也深深地被触动过，情不自禁写了一点文字，故把这个集子取名为《科窗碎语》。最后几篇文章是关于科学美的，这是一个有争论的问题。我坚信一点，许多著名科学家，特别是二十世纪的科学巨匠爱因斯坦是非常推崇科学美的，单从这一点看，就值得我们去研究、去探索。但愿有更多的同志重视这个问题。如果这几篇小文能引起读者兴趣的话，我将非常高兴。错谬之处，在所难免，恳请读者批评指正。

在这本书编写过程中，得到很多同志的热情鼓励和帮助，谨以致谢。

1984年10月于北京

附录二

《思海偶拾》后记

岁月悠悠，不知不觉，自己已由青年步入中年。但是，我的心始终是和青年相通的。青年时期，最富有幻想，最充满活力，也最有创造精神。未来属于青年，这是永恒的真理。

当自己还属于少年和青年的时候，与许多同龄人一样，酷爱各种名言、格言、箴言、警句，精心摘抄收集整理，乐此不疲。稍大一些，逐渐发现，名言虽好，但自己毕竟不是名人，总有某种隔膜感。我是一个爱思索的人，不管谁说的话，大人物也罢，小人物也罢，总要通过自己的脑子想一想。被深深触动的，产生强烈共鸣的，频添种种困惑的，都留下或浓或淡的印痕。平时看书、读报，偶有所得，随手记下。日积月累，林林总总，无非是片言只语，自己却十分珍爱。其中一些，前些年曾以"科窗碎语""学海偶拾""随感录"等形式，在北京、天津、辽宁的一些报刊上登载。据说，不少青年读者很喜欢。后因工作变动，整天忙于其他事情，再也无暇顾及了。一位编辑同志告诉我，有的青年朋友至今还在打听，"于跃"上哪去了？为了还欠热心的青年朋友的情，现将多年积攒的"片羽"，稍加整理，化为一颗真诚的心，奉献给思索中的青年朋友。浅陋甚至悖谬之处，恳请读者批评指正。

1992年5月17日晨

附录三

修订后记

　　《片羽集》2007年出版时，有些仓促。四年多来，我继续整理和思考，增删了一些内容，改写了部分文字，并给每一则以标题，于是有了这个修订本。

　　大约二十年前，上海人民出版社出版我的《思海偶拾》，副标题是"关于人生、事业、求知、创造的思考"。那本薄薄的小册子是《片羽集》的前身。1992年5月写的"后记"中，有这样的话："岁月悠悠，不知不觉，自己已由青年步入中年……现将多年积攒的'片羽'，稍加整理，作为一颗真诚的心，奉献给思索中的青年朋友。"时间过得真快，如今自己已进入老年，这本小书也该画个句号了。

　　附录是两位年轻人写的读后感，我与他们本不相识，但我的心始终是与年轻人相通的，这一点甚感欣慰。

2011年5月七十岁时

片
羽
集
——
PIAN
YU
JI

附录四

《美的微光》自序

　　世界是美的。美的自然、美的人生、美的生活、美的思维……

　　能发现美就是创造美，美隐藏在审美者心中。

　　从青年到中年，直至老年，我不断地追寻着、思索着、激动着、困惑着、期盼着。

　　于是，有了这本小书。

　　　　　　　　　　　　　　2018年1月

地平线上的背影

——读虞云耀同志《片羽集》有感

徐南鹏

我深深地为虞云耀同志《片羽集》的自序所吸引，这也是我喜欢上这本书的初始原因。

此前，我读过的短序，当属欧阳修的《六一诗话》序最为精彩，三句话："居士退居，汝阳而集，以集闲谈也。"云耀同志的自序也只有三句话："这是一本用心灵写成的小书；这是一本从二十几岁写到六十多岁的小书；这是一本原来写给自己、后来也想让别人看看的小书。"这肯定是巧合，而这巧合恰恰是十分有意味的。欧阳修任过参知政事，这是唐宋时期最高政务长官之一；云耀同志曾任中央组织部副部长、中央党校常务副校长，现任全国党建研究会会长，是党的高级领导干部。欧阳修才华横溢，序言朴素清新；云耀同志的序言也极显个性，谦逊而真诚，他在五十余言的序中，小心地称自己的作品是"小书"，此向下的态度一如他命名作品集为"片羽"，"小书"有大智慧；他谓这书为心灵之书，其中是贯穿自己人生的点滴感悟，终于汇成浩荡江河，不能不令人叹喟。

读罢全书，再回看云耀同志的序，更觉亲切。我为云耀同志思想的深度、积极的人生精神以及诗人情怀所深深感染。

思想深度。一个自觉的思想者，是受世人尊敬的；而一个有深度的思想者，他已经不仅仅是在接受现世的礼赞了。读云耀同志的作品，我更觉得他是后者。比如，在人生的问题上，他写道："人生的许多关节点，常常出于不期而然。有时一个偶然的境遇，可能改变整个人生的轨迹。这不是人生的无奈和悲哀，而是人生的丰富和精彩。"他窥见的是我们生命过程中的某个细节，并道出了它的真实面目。在时间的流程上，生命是短暂的，同样是伟大的，因为生命有许多偶然，才如此璀璨，如此丰富。在谈到知识时，他说："求知，并不是简单地往空坛子里装东西……有的人在知识的密林里奔突，却始终看不见智慧的光。清醒的求知者，随时向学习的对象提出问题，这是踏上成功之路的第一步。"读到这里，我很自然地就会想，在我的生命中是不是曾经做过傻事，往空坛子里装过东西？这正是我所感觉到的作品的思想力度。而这两小节只是我从书中随意撷取的。翻阅全书，我犹如置身于初秋的草原花海中，信手摘下一朵小花，都是如此艳丽而芬芳。一个作者，能达到这样的境界，除了精神独立外，还需要他对人生有十分自足，否则，不会有这样深刻的思索，这么深切的体悟。

君子情怀。打动我的，是云耀同志的那份坦荡、那颗赤子之心。他说："顺其自然成事，心地坦然做人。自古虚名能为累，虚名自古只累人。"这多么像是作者自己的座右铭，亲切而自然。他写道："人，不能脱离社会而生活，也不能依附社会而存在。人格上的独立自主，是成为大写的人的精魂。"从云耀同志的简历来看，他出身基层，一步一个脚印走到党的高级领导干部的岗位上，期间经历过多少坎坷，品尝过多少苦辣，恐怕也只有自己最清楚。在这个过程中，他能够始终保持着一份清醒和独立，你不能不由衷赞叹中国传统知识分子优良品德薪火相传的绵长与伟力。云耀同志深知其中意味着什么，他写道："在最危急的时刻，英雄和懦夫之间的距离，也许只是一个转身。然而，这个转身绝不是偶然的。"云耀同志的这份真诚，在我看来，首先来自于他的气度："只有把自己的心扉彻底敞开，才能把世界包容在自己心中。"其次，来自于他谦逊的品质。前面所论及的书名及序言，以及文章的表达语气，都是很好的证明。这是对生命的尊重，也是对自己的尊重，同时也是获得别人真诚尊重的根本。

诗思流淌。在写给云耀同志的信中，我说到了《片羽集》是一本诗集的话。云耀同志自己不同意，认为这只是杂感。然而我想说的是，诗仅仅是一种形式，而飞扬的诗意却不是形式可以禁锢的。云耀同志用四十多年功夫，成就这么一部书，这本身就已经够诗意了。同时，没有凝聚在他笔端浓厚的诗意，是写不出诸如"独立思考是一部深翻的犁""在驾轻就熟的路上徘徊，常常陷入山重水复的困境"这样优美而形象的句子的。而几乎在整章的"风花雪月"中，显示的都是作者这种形象思维和驾驭语言的功力。比如："当飘零的落叶哀叹短促的一生时，树干正在默默地编织生命的年轮。""池塘沉溺于宁静，终于成为死水一潭。如果没有狂风巨浪，大海照样显得平庸。"诗思与哲理有时只是一墙之隔，无意间云耀同志用他的一部《片羽集》，为我们开启了这扇窗。

我想说，云耀同志是卓有成就的党建理论专家。这需要缜密的理性思维，而正是他同时能够很好地运用形象思维，他的党建文论才多了份生动，多了份阅读的愉悦。

掩卷而思，我还想说，《片羽集》是一部写给时间之书。云耀同志自序的第二句话是，"这是一本从二十几岁写到六十多岁的小书"，可信、可敬。这不是适合一口气读完的书，而是适合长久伴随身边的书，在生命流程的某一个时刻，从这书中映照出来的恰恰是自己的身影，当我们再次面对这些文字的时候，必定是会心一笑的。这正是《片羽集》

的价值，也是作者的价值。正如云耀同志说的，既
然选择了远方的目标是地平线，就不要怕留给世界
的是自己的背影。

附
录
一

智慧的心灯

——读虞云耀先生《片羽集》有感

金　鑫

曾经有一位诗人写道："用最好最好的纸印钞票了，用稍次点的纸印股票了，我们抢下一点最糟的纸边来书写我们的灵魂。"于是，我看到了《片羽集》。

这是一个从政数十年、资深党建理论研究专家用心灵撰写的语录。

从"人生感悟"到"岁月履痕"，云耀先生将人生比作"一幅版画""一种艺术""艨艟巨舰"和"难解的方程式"。以昨天、今天和明天，三天时间来完成"生命的一次燃烧"，何等的大气；以"过去、现在和未来"三本书，来解读历史的凝聚和生命的永恒，何等的恢宏。

云耀先生用诗的语言，解决了政治与哲学境界间的距离问题，让哲学的理性思维跳跃在感性的阳光里、思想的火焰中。理性让情感更加丰盈，丰盈而厚重。于是，文字远离了空灵和洒脱，留下的是对世事和表象观察之后深刻的提炼和现场感极为强烈的想象空间。

"生命，一条永不断折的链条。当你赞叹孩子的天真时，老人正在羡慕你的青春。生命不仅是健全的躯体，还有理想、事业、情操。青春不仅是美丽的容貌，还有活力、气质、创造。"云耀先生将自己对生命的实感传达给别人，仿佛让我们看到了父亲脸上的皱纹和充满期盼的憨笑。虽寥寥几笔，却道尽人间不了情。

当我们步入云耀先生的"情感心语"，我们在过程如此繁杂、场面如此浩繁的政治生活中，领悟到一个老共产党员精心摄取足以揭示人们内心世界的一个镜头。

"手与手相牵，心与心贴近，情与情交融，爱与爱感应。""在人生的漫漫征途上，人人都需要理

附录一

179

解和宽容。理解自己，理解别人。"云耀先生不用典，不雕琢，速写白描自己的真性情。"因情立体，即体成势"，于平易中寓深致，于自然中见真情，明朗又含蓄，耐人寻味。可谓"文章合为时而著，歌诗合为事而作"(《与元九书》)，感慨世事，寄托遥深的现实主义之佳作。

于是，"学海偶拾""杂感随记"，一篇篇精干的语言，让心灵的各个部分交流沟通，然后彼此拥抱，接纳，合为一体。心灵一次次整合、再整合，心灵不断地锤打，不断地健康，不断地成长，不断地平衡，不断地和谐。

云耀先生，一个党的高层干部，以对生命的尊重，对美好情感的渴望，对党的事业的执着，以一颗平常的心给了我们一个"心赋"，让我辈景仰。

那一朵耀眼的祥云

——读于跃先生《美的微光》有感

孟宪荣

睿语似锦，慧光如炬，这是散文集《美的微光》给读者留下的深刻印记。

于跃先生凭借丰厚的人生阅历、深邃的思辨特质、精湛的文字功底，将写景、抒情、说理、明志巧妙地熔于一炉，浑然天成。每一段文字犹如耀眼的祥云，散发着智慧的祥光，温暖通透。

先生有一颗青春不老的童心，从自然宇宙的一境一物、人生社会的一事一理中，充分感知那最本初、最诚挚的非凡体验。

这里有纯真的解剖。"春雨垂下无数条丝线，把天空和大地连结在一起。俯下身去与泥里的精灵耳

181

语，悄悄唤醒那些冬眠的灵魂。""最后一位裁判者，通常由毅力来充当。在成功与失败之间，从来没有不可逾越的鸿沟。""任何成功和荣誉，当获得它时也许就意味着失去。无论是谁站在峰顶上前行，不可能不走下坡路。"

这里有良善的追求。"真正的聪明，在于不怕显露自己的愚笨。真正的愚蠢，在于多次掉进同一个陷阱。""一切奇思异想，都会得到时间的精心哺育。一切真知灼见，都要经受时间的再三拷问。""在顺境中清醒，在逆境中从容。具备这两种品格，才称得上是真正的强者。"

这里有绝美的享受。"人生有各种各样的满足，最大的满足莫过于接受知识的洗礼。有知识做陪伴的人生，永远不会感到孤寂。""当人生遇到过不去的坎，就把它当做一道风景。当生活遇到解不开的结，就把它系成一朵小花。""心灵的枷锁一旦被打碎，看到的就是不一样的风景。学会把自己的心态适时归零，它会给你一份洒脱和清醒。"

先生的关注点极为宽广，举凡自然界的花草鱼虫、山水日月和人世间的爱情亲情友情、理想道德真理，都能探幽发微、触类旁通。

先生的文字情理俱佳、形质皆美，其中不乏言简意赅的"于氏名言"：

"为别人挖掘陷阱，掉下去的往往是自己。"

"真理和谬误泾渭分明，有时却又相邻而居。"

"与其把自己交给纠结，不如把自己交给淡定。"

"即使没有闪光的背景，也可以有闪亮的身影。"

"绝对真理的'长河'，由无数相对真理的'水滴'组成。"

"谎言在无知面前气壮如牛，但在事实面前却胆小如鼠。"

"心中有一片清澈明亮的天空，幸福的小鸟就会自由飞翔。"

"如果没有实践这根金线，任何奇思异想都串不起创新的项链。"

"古今中外无数事例说明，能够改变人生轨迹的，一是知识，二是机遇。"

研读，摘录，反思，感悟……合卷闭目之时，心中无比充盈，馨香如花，温润如玉。这个世界看似纷乱繁复，只要心态顺了，一切都将井然有序。